U0505340

Annie Ernaux

Journal du dehors
Annie Ernaux

外部日记

著

[法] 安妮·埃尔诺

译

高方

上海人民出版社

作者简介：

安妮·埃尔诺出生于法国利勒博纳，在诺曼底的伊沃托度过青年时代。持有现代文学国家教师资格证，曾在安纳西、蓬图瓦兹和国家远程教育中心教书。她住在瓦兹谷地区的塞尔吉。2022 年获诺贝尔文学奖。

译者简介：

高方，南京大学法语系教授、博士生导师，中国翻译协会理事，中国外国文学学会理事、中国外国文学学会法国文学研究会副会长。研究方向为翻译学、比较文学和法语文学。代表著作有 *La traduction et la réception de la littérature chinoise moderne en France*（《中国现代文学在法国的译介研究》）、《勒克莱齐奥小说研究》等，译作有《奥尼恰》《灵魂兄弟》《地理批评：真实、虚构、空间》等。

"安妮·埃尔诺作品集"
中文版序言

当我二十岁开始写作时，我认为文学的目的是改变现实的样貌，剥离其物质层面的东西，无论如何都不应该写人们所经历的事情。比如，那时我认为我的家庭环境和我父母作为咖啡杂货店店主的职业，以及我所居住的平民街区的生活，都是"低于文学"的。同样，与我的身体和我作为一个女孩的经历（两年前遭受的一次性暴力）有关的一切，在我看来，如果没有得到升华，它们是不能进入文学的。然而，用我的第一部作品作为尝试，我失败了，它被出版商拒绝。有时我会想：幸好是这样。因为十年后，我对文学的看法已经不一样了。这是因为在此期间，我撞击到了现实。地下堕胎的现实，我负责家务、照顾两个孩子和从事一份教师工作的婚姻生活的现实，学识使我与之疏远的父亲的突然死亡的现实。我发觉，写作对我来说只能是这样：通过我所经历的，或者我在周遭世界所生活的和观察到的，把现实揭露出来。第一人称，"我"，自然而然地作为一种工具出现，它能够锻造记忆，捕捉和展现我们生活中难以察觉的东西。这个冒着风险说出一切的"我"，除了理解和分享之外，没有其他的顾虑。

　　我所写的书都是这种愿望的结果——把个体和私密的东西转化为一种可知可感的实体，可以让他人理解。这些书以不同的形式潜入身体、爱的激情、社会的羞耻、疾病、亲人的死亡这些共同经验中。与此同时，它们寻求改变社会和文化上的等级差异，质疑男性目光对世界的统治。通过这种方式，它们有助于实现我自己对文学的期许：带来更多的认知和更多的自由。

安妮·埃尔诺

2023 年 2 月

目 录

我们真正的自我并非完全存在于我们之中。

——让-雅克·卢梭

前　言

　　20 岁之后，我住在塞尔吉-蓬图瓦兹，一座距离巴黎 40 公里的新城。之前，我一直生活在外省，所在的城市都刻有过往的和历史的痕迹。来到一个仅仅数年就从虚无中拔地而起的地方，那里没有记忆，建筑散落于空旷的区域，边界不明，这构成了令人震撼的经验。我被一种奇特的感觉所吞噬，眼前所见的，只有穿风的广场，玫瑰色或蓝色的水泥建筑立面，楼群矗立的街区荒漠。仿佛持续漂浮于天地之间，在一片无人之地。我的目光如同写字楼的玻璃墙面，所及之处没有一个人，仅折射着高楼和云朵。

　　我慢慢地走出了这种分裂状态。我爱上了那里的生活，那里是移民杂居的场所，人们的生活始于别处，始于法国外省、越南、马格里布，或是科特迪瓦——正如我的生活始于诺曼底。我看到孩子们在建筑物前玩耍，人们在三泉商业中心街区漫步，在公交车站候车。我注意倾听区域快铁上的交谈。我想要记录下那些场景、谈话，那些我们不会再相见的陌生人的举动，那些墙面上即刻被抹去的涂鸦。所有这一切，以这样或那样的方式让我感动、不安，或是愤慨。

这部我一直记录到 1992 年的《外部日记》正诞生于此。它不是一部报告文学，也不是一份都市社会学调研报告，而是一种尝试，试图通过收录集体日常生活的瞬间而触及一个时代的真实——这种现代性是一座新城赋予我们敏锐而难以定义的感受。我认为，正是在收银台投向购物车里物品的目光，在询问牛排价格或欣赏画作时说的话，传递了渴望和失望，表现了社会文化的不公。受到顾客欺辱的收银员，遭人避让的乞讨的无家可归者，社会的暴行和羞耻——这一切看上去平庸而无意义，因为它们过于普通或我们过于熟悉。我们对于世界的经验并无等级而言。场所或物品所激发的感受或思考跟其文化价值并无关联，超市所赋予的感受和人性的真实并不少于音乐厅。

我尽力避免将自己置于场景之中，避免表达促使每个文本生成的感受。恰恰相反，我尝试一种记录真实的摄像式的写作，在其中，人生交错，难以识透，留有谜团。（不久之后，我看到了保罗·斯特兰德拍摄的意大利卢扎诺村庄居民的照片，那些照片以强烈而近乎痛苦的在场扣动人心——生命就在此，仅在此——，我认为自己处于一种理想而无法企及的写作面前。）

然而，最终，在这些文本中，我所表达的自我比预想的要多得多：萦绕于脑际的念头，记忆，它们在无意识中决定了对话语和既定场景的选择。如今，我确信，相较于在私人日记中进行内省，在外部世界中关照自身更能够让人发现自我，已诞生两个世纪的私人日记并非永恒的文类。那些在地铁、在等候室中遇

到的无名的他者，他们或引起我们的关注，或让我们
愤怒、感到羞耻，正是他们唤起了我们的记忆，让我
们意识到自己是谁。

安妮·埃尔诺

1996 年

1985 年

区域快铁车站底层的停车场的墙面上写着：精神失常。依旧是那面墙上，不远处写着：艾尔莎，我爱你，以及，**假如你的孩子很幸福，他们是共产主义者**¹。

今晚，两个消防员用担架抬着一个妇人穿过里楠德街区。她上半身抬起，几乎呈现坐姿，很平静，头发灰白，年龄约在五十到六十之间。一条毯子盖住了她的双腿和半边身子。一个小姑娘跟另一个女孩说："床单上有血。"不过，妇人身上盖的不是床单。她就这样穿过了里楠德的步行广场，如同一个皇后，穿过去福兰普利超市购物的人群、玩耍的孩童，来到停车场的消防车前。五点半，天色依旧亮着，很冷。从广场边高处的楼里传来阵阵喊声："哈希德！哈希德！"
我把买的东西放进汽车后备厢里。收拢购物推车的
人背靠在联通停车场和广场的过道墙面上。他穿着
蓝色法兰绒上衣，一条常年不变的灰裤子堆在宽大
的鞋面上。他的目光让人心生畏惧。车还没离开停
车场，他就过来收我的购物推车。我顺着区域快铁
延长线露天轨道开出来。我感觉车在朝着太阳行驶，
而日头正在一个个朝市中心倾斜的天线塔交错的横
线后缓缓落下。

在开往圣拉扎尔站的列车上，一位老妇人坐在靠
近过道的位子上，跟一个站着的年轻小伙子说着话，
或许是她的孙子："离开，离开，家里难道不好吗？
老在外面漂，可发不了财！"小伙子双手插在兜里，
不作声。接着，他说道："旅行，能遇到一些人。"老
妇人笑了："俊的人、丑的人，可到处都有。"她望向
前方，脸上留有笑容，不再说话。小伙子绷着脸，靠

在车厢内壁上系鞋带。他们对面，一位漂亮的黑人妇女正在看一本爱情小说《幸福上的阴影》。

周六早上，三泉商业中心的超级-M超市里，一个女人站在家用物品货架前，手里拿着一把笤帚。她自言自语，神情悲惨："他们去哪了？一家子一起来买东西可真不容易。"

收银台前，人群默不作声。一个阿拉伯人不时地看一看散落在购物推车里的物品。或许是因将拥有期待已久的物品而感到满足，或许是害怕东西买贵了，也许两者兼有。一位妇人，身着褐色大衣，约有五十来岁，将一包包商品粗鲁地扔在传送带上，等物品被扫过码后，又粗暴地将它们捡起，扔进购物推车。她让收银员填写购物支票，然后一笔一画签上名字。

商业中心的路面上，人群拥挤，通行困难。人们不用左右打量，就能避开距自己仅有几厘米的旁边人的身体。那是一种本能或是屡试不爽的习惯。仅有购物推车或是小孩子才会撞到路人肚子或背上。"注意路!"一个母亲跟小男孩惊呼着。有几个姑娘,与橱窗里的灯光和模特构成和谐的画面,她们涂着红唇,脚蹬红靴,牛仔裤包裹着紧实的臀部,头发浓密,迈着坚定的步伐前行。

他在阿谢尔城市站上了车,二十到二十五岁的样子。他一人占了两个座位,双腿斜伸在位子上,从口袋里掏出了指甲钳,开始剪指甲,每剪完一个,会把手伸到面前,打量一番,看剪得美不美。周边乘客都装作没看见。他仿佛第一次拥有指甲钳,展现出举止放肆的快乐。没人能阻止一个缺乏教养的人的快乐,正如周边人的神情说明的那样。

地铁上,一个小姑娘要她妈妈给她读书,书上每一页都以这句话开头:"几点了?是该……的时候啦"(吃饭,上学,喂猫,等等)。妈妈高声读一遍。小姑娘自己也要读一遍。不过，她还不识字，可能只是记下了妈妈读的内容（或许已经读过好几遍啦），因为她会搞错每个时间对应的动作。妈妈纠正她。小姑娘开心地重复，声音越来越大："四点了，该带宝宝出去玩了。五点了，该给金鱼换水了。"等等。她快乐地重复着这一时间循环，顺序不可改变，动作不由分说地跟这些时刻联系在一起，小姑娘有些接不上气了。她激动起来，在座位上晃动着身体，带着怒气翻动着书页，"几点了？该做……"这在孩子身上比较常见，通常情况下，这一重复的眩晕感很快会达到极限，孩子会喊，会哭，会挨耳光。这一次，小姑娘扑向妈妈，说："我要咬你。"

这个周日清晨，在里楠德街区广场上，紧邻福兰普利超市的蔬菜摊老板正用一个小喷水壶往生菜上喷水。他举止笨拙，看上去好像正往菜上撒尿。老板是个干瘦的男人，身着蓝色外套，留着一缕小胡子。停车场上，收拢购物推车的人正靠在墙上。他的年龄约在二十五到三十岁之间。一个男人走到他跟前，问道："要抽根烟吗?"他身子离开墙面，没脱下厚厚的羊毛手套就拿了一根烟。他点燃了男人给的烟。天色晴冷。

离新城不远的乡村肉店里，顾客排队等着买东西。轮到一位妇人，她说："我想要块一人份牛排。"接着，老板会问："就这些吗?"女人一边掏出钱包一边回答："是的，就这些。"

在开往伊西镇的地铁 12 号线上，一个头上裹着长围巾的女人正透过车窗专注地看向黢黑的隧道，仿佛她身处列车，看着一一略过的平原和村庄。她突然跟身边的女人说："都是些吸毒的，您知道，他们人很坏!"她的话听不太清楚了。仅能听清这句："您知道，这个犹太部长把监狱里的人都放了出来。"

长期以来，我们在三泉商业中心的莎玛丽丹商场里总能听到一个男人的声音，或是带着询问的口气，或是以喜悦、威吓、风趣的口吻，它激励着我们买下整个商场的东西："冬季即将到来，您需要温暖的手套和围巾，快来手套柜台看看吧。"或是："女士，您不认为完美家庭主妇的品位正体现在餐桌艺术上吗？欢迎光临餐具柜台……"，等等。这个声音年轻且善于诱惑人。今天，声音的主人手持扩音器，现身玩具柜台。他有着红棕色头发，半谢顶，带着一副巨大的近视镜，双手小而肥。

我在新城车站买了一本《嘉人》杂志。本月星象："您将遇到一个绝妙的男人。"这一天，我不止一次自问，面前正在跟我交谈的是不是那个绝妙的男人。

（以第一人称写下这些文字，我会招致各种评论。"她不止一次自问，面前正在跟她交谈的是不是那个绝妙的男人"，这句话则不会引人评价。第三人称，他或她，是他者，可以随心所为。"我"，是我本人，是读者们，不可能也不允许去读每月星象，表现得像个轻佻的都市少女。"我"让读者们感到难堪。）

1986 年

圣拉扎尔站的盲人还在那里。检票通过地铁口旋转闸机就能听到他的声音。他嗓门很大，总是跑调，几近嘶哑。他总是唱着相同的歌，比如孩子们在学校或夏令营中学到的儿歌"山顶上有个旧木屋"，或是艾迪特·琵雅芙的"我什么都不后悔"。他身子站得笔直，跟别的盲人一样，头往后仰着，站在通往拉夏贝尔门和伊西镇两条通道的分叉口前。他一手挂着白色拐杖，一手拿着金属无脚杯，一条狗懒洋洋地趴在他脚下。人群匆匆从他身边经过，不时会有人——通常是女人——将硬币投入金属杯，叮咚作响。盲人立即会停下歌声，大声喊着："谢谢，祝您一天快乐！"这样一来，没人能够忽视刚才的慷慨之举，行善之人也会接到好运气。完美的施舍。一枚送给贫穷而自尊的人的硬币，献给往昔之歌的硬币，换来当众的致谢，赢得一整天好运的祝福。或许，这个地铁站的可怜人赚的钱最多。他今天穿着一件灰色人字斜纹面料大衣，围着一条黑围巾。我跟那些不给钱的乘客一样，离他远远地走过去。

马扎琳娜路，画廊经理在一幅画前跟参观者说，"这幅油画特别性感"，他的语调很有分寸。看画的女人深深地叹了一口气，仿佛这一评价令她失望了，或是无法承受如此强烈的观感。这会儿，他们低声交谈着。男人更明确地表达观点："看中间这个红点，很特别……在正中间一般不会画红色斑点……"整个画面是赫石色，呈现龟裂纹路，似乎是要表现烈日下的岩石。目录显示的画名：阿尔代什，红色斑点。我试图将自己获得的感受性与我以为看到的荒漠景观联系在一起。这是一项智识活动，需要感受力，我做不到。似乎我还缺少一些启蒙知识。不过，这跟知识无关，因为与其评价画"很性感"，我们也可以说它"真鲜艳"或"真浓烈"，画作和评价之间毫无关联这一点并无改变：相关的仅仅是购买行为。画廊里所有画作的价格大约在两百到两百五十万旧法郎。

夏尔·德·戴高乐-星形广场地铁站灯火通明，路面潮湿。几个女人在自动扶梯口买首饰。一条通道的地面上用粉笔画了个圈，里面写着："肚子饿。无家可归。"不过，写下这行字的人这会儿不在，粉笔圈里没有人。路人纷纷避开这个圈。

现如今，菲律宾有个马科斯博物馆（昨日《世界报》的消息），向人们展示前独裁者和妻子的行宫。开设博物馆的官方理由是为了激发民众对其财富和奢华生活的愤慨，而事实上，民众参观时感受更多的是快乐：看到独裁者被剥夺的东西，有权嘲笑他们，用语言和目光占有这些物品。于是乎，参观"博物馆"的游客的注意力几乎无一例外地被马科斯夫人伊梅尔达的内衣所吸引。这个国家的革命一直闹到女人的性感符号上，真是哎。五百个文胸、内裤和吊袜带，人们依次看过，用手去触摸，女人们幻想穿戴它们，男人们幻想在里面手淫。

周六，在超级-M超市，收银员上了年纪，动作缓慢，跟其他不到二十五岁的收银员相比，她确实有点老。一个四十来岁的女顾客，着装干练，带着细边眼镜，要求核对账单：她的收银小票数字不对。得去叫监督员，仅有她才有权限核对错账，并用机器改正。账单改过了，监督员离开了。收银员开始为下一个顾客服务。戴眼镜的小个子女人没离开，依旧在核对账单，再次叫住了收银员："还有地方不对。"收银员放下手上顾客的东西，不再扫码。小个子女人把单据给收银员看，解释一番。收银员拿起小票，看了半天，没搞明白。她再次叫来监督员。小个子女人取出购物车里的所有商品，监督员一一查点，收银员重新为手头顾客收银。取货点货完成后，监督员转向收银员，把小票举到她面前："这位夫人的小票上有个57法郎。根本没有57法郎的商品。此外，有四组17法郎的电池没扫码。"收银员一声不吭。监督员又说道："您看，确实扫错了。50法郎。"收银员不看监督员。她头发灰白，身材高大扁平，双手从收款机上落下，垂在身体两侧。监督员还在不依不饶："您看一看!"所有排队的顾客都听到了。稍远处，小个子女人在等着拿回欠款，纹丝不乱的发型下，她面无表情。面对超级-M超市的无名力量，她作为捍卫自身权利的消费者挺身而出。老收银员一言不发，又重新开始收银，她仅仅是一只不容犯错的手，不偏袒任何一方。

文化中心的音乐剧场里有一场钢琴音乐会。孩子们依次登台，调整琴凳，摆好手型，开始演奏。在圆形剧场阶梯座位里入座的家长们神情焦虑，拘泥不安。一个小姑娘上台演奏，她穿着白裙白鞋，头上顶着大大的蝴蝶结。音乐会结束时，她向老师们献上鲜花。新城中心仿佛在上演一场旧梦，呈现往昔沙龙里的举止和礼仪。然而，家长们彼此没有交流，每个家庭都渴望自己的孩子是最好的，以证实自己的期望，有朝一日，孩子能跻身精英阶层，而他们却只能在今晚的演出中体会该阶层的生活。

一大片整洁、玫瑰色、奶油色的房屋，有绿色的护窗板（一个小女孩打开了一栋房子一楼的护窗板，透过落地窗，我看见屋内的植物和藤椅），这片城市化小区尽头是一块空旷的土地，一条两侧铺着绿草坪的大道将小区和空地分割开来。空地上有片小树林，有几栋废弃的房屋，还有一条坑坑洼洼积了水的小路。乱草丛里，小路边上，到处都是垃圾。一张荷兰烈酒磨砂纸标签，一个破可口可乐瓶，几个装啤酒的纸箱，一份《传真报》，一根铁管，几个压扁的塑料瓶，一堆鼓着气泡的白色物质——或许是浸了水的纸箱——仿佛一簇沙漠玫瑰石。这个荒凉的地方常有人来，不知道是什么时候，大概是在夜里。有人待过的痕迹，有人陆续来这里寻清净。有食物的痕迹，不过，人们三三两两来这里不是为了吃东西，而是为了避开众人。把瓶罐和包装纸扔在这个荒野之地很是自然，把垃圾带走则是文明超我的表现。

这些物品碎了，皱了，被压扁了，被故意丢下它们的人和天气蹂躏变了形。它们经历了双重破坏。

我们在商业中心的自动取款机前依次排队。取款机仿佛是个没有帘幕的忏悔室。窗口前，每个人都做同样的动作。等待，头微微前倾，按下按钮，等待，取出钱，收好钱，离开，避免去看周遭的人。

屏幕上显示："您的卡无效。"我很是错愕，无法理解，仿佛被指控干了坏事，应受责罚，而我对干的坏事却一无所知。我不明白为何只有我的卡读不出来。我按照电脑指示，重新操作一番。屏幕再次显示："您的卡无效。"无效的，犯错的，应该是我。我拔出卡，离开了，一个子儿都没取出来。我现在理解了，为何有人会骂骂咧咧地破坏取款机。

高速公路上，在靠近马尔库维尔高楼路段，一只被碾扁的猫，仿佛烙印在沥青路面上。

地下停车场在地下三层，走出电梯，排风机震耳欲聋。如果发生强奸案，受害人的叫喊声是听不见的。

记忆中，我开车经过 3M 明尼苏达公司的黑色大楼，所有的落地窗都亮着灯：刚开始在新城生活的时候，我总是会迷路，我心很慌，继续行驶，不敢停下来。在商业中心里，我总是努力记住是从 A、B、C、

D 哪个门进来的，以便找到出口。我努力记住车停在停车场的哪一排。我害怕自己在水泥路面上一直游荡到晚上，找不到停放的车。很多孩子在超市里迷路。

墙面上写着："只有性才重要。"在更暗处的墙面一角，还有一行红字："没有下等人。"

信箱每个星期会收到一些免费广告小报。"独幕剧老师。伟大的隐士终于来了。他可以解决您的所有问题：寻得爱情、重获友情、夫妻忠诚、摆脱迷惑、考试成功、运动胜出、即刻获得您所爱的人的青睐。假如您想获得幸福，请立刻前来咨询。可靠、高效。确保您心愿达成。地址：克里希大道 131 号丙，二楼右侧门。"（一张嵌在相框里的英俊非洲人的肖像照。）短短几行，描绘了一幅社会欲望的画卷，一个身份模糊的人物，或是智者，或是魔术师，以诗或戏剧的名义，用第三人称和第一人称进行叙事，两种笔调，一种是心理学的，一种是技术商业化的。虚构小说的样本。

在从夏特莱-中央市场站开往卢森堡站的区域快铁上，一个大学生正在检查作业，页面上有一句话："真理与真实相连。"

有全家出动的，有年轻人成群的，他们成群结队，慢悠悠地在温暖明亮的商业广场步行道里漫步。圣诞和新年之间这段时间里，几乎没人上班了，下午时光，大伙儿来逛商场。冬季打折季已开始。我来这里只为买杯咖啡，几分钟后，就开始想要大衣、衬衫和包，也就是说，我看到自己逐步被众多大衣和衬衫所围绕。像黑色大衣，尽管我已有了件短款（但款式不一样，款式永远不一样，想买的和拥有的之间总有无限的差别，比如领子、长度、面料，等等）。我处于一种奇特的状态，想要无差别拥有这里所有的衣物，最重要、最迫切的需求，就是买件大衣或一个包。一出商场，欲望就没了。

艾迪亚尔高级食品店[2]里，一个旺季临时雇用的售货员打开了包装袋，把她刚准备好的物品一并包起来。她担心刚才没把八小罐蜂蜜和果酱放进袋子里。她开始重新包装，一手拿袋子，一手拿印有艾迪亚尔店铺标志的不干胶卷带，用嘴撕下了一个标签。一个神情高傲的女人走了进来。她用手指指了指冷冻柜里的冰激凌展示品，那是除夕晚餐要吃的，"这款"，"还有这款"，随即她的目光扫向其他顾客，仅仅是掠过而已，仿佛现实中他们并不存在。她又买了肥鹅肝，说，今天还得去普瓦兰面包店[3]一趟。

杰拉尔·圣卡尔发廊。我在发型师中找了半天，想知道谁是杰拉尔·圣卡尔。我以为他是年纪大的那个，依旧英俊，阿帕切人模样。不久之后，我注意到墙上有一排肖像照，觉得照片上的人跟身着阔腿长裤、梳着子弹头发型的年轻理发师们都很像。直到最近，我才意识到杰拉尔·圣卡尔是一家连锁发廊的名字，或许没人叫这个名儿。我感觉上了当。

女发型师们都是节日妆容，浓妆艳抹，戴着厚重耀眼的耳环，红发夹杂着几绺蓝色挑染。她们通过装扮表达自身的使命和职责：为客人的头发造型，做成卷发或盘发，染上各异颜色，煤玉色或金色，体现时尚的光芒（仅是一日时尚，或许第二天就不流行了）。这男男女女发型师们属于多彩的、戏剧性的世界，穿着最流行的衣服，在发廊之外会显得十分怪诞。发廊老板，那个依旧英俊的假杰拉尔·圣卡尔，六个月前是牛仔扮相，皮裤皮衣，隐约露出棕色横腹肌。最近是舞者装扮，白衣白裤，低领衬衫开口及腰，露出一块条形肌肤。今天，他装扮成了阿拉伯的劳伦斯，黑色褶纹阔腿裤在脚踝处扎了起来，白色衬衫，围巾在颈部绕了几圈，络腮胡，长头发。一个女人，跟他年龄相当，应该是他老婆，跟着他同步变形，裤子越来越宽松，耳环越来越大，假睫毛，都有着虚假造作之感。不过，他的土耳其式裤子远胜他老婆一筹。

美容师一副时尚小姐模样，在顾客间穿梭，提议为她们服务，报上价格，她在圣诞节前被雇来提供脱毛和化妆服务，而此时，她正给等待头发上色的女人们端送塑料杯盛的咖啡。不一会儿，她得打扫地上的头发，收银。没人要做美容。

"你觉得咱们有空去……（声音听不到了）"
"你说什么?"
"你聋了!"
"没啊。"
在开往巴黎的列车上，一个男孩又高又胖，大概 18 岁样子，厚嘴唇，小眼睛，坐在一个女人对面，女人大概是他妈妈。

"……"

"啊?"

"瞧瞧,你聋了!"

她倾着身子努力听他说话。他大喜:"你聋了!"他两条粗壮的大腿在雨衣下岔开,露出主人般的笑容。

下午时光,地铁站的通道里空荡荡的,一个男人倚着墙,低着头。他不是在乞讨。走到他跟前,会发现他的裤裆口大开着,露出了生殖器。令人无法直视的举止,令人心碎的尊严表现:展示自己是个男人。女人绕道而行。人们没法给他施舍,纷纷假装视而不见,但这视觉冲击要延续到列车进站。身着裘皮大衣女人的虚荣心,市场征服者的坚定脚步,接受施舍的歌手和乞丐的顺从致谢,所有这一切,都被这个举动毁掉了。

我为何要讲述、记录这个场景，以及本书中的其他场景？我在现实中竭力找寻的是什么？意义吗？通常情况下是的，但并非总是如此，出于（后天习得的）智识习惯，我避免仅重视感觉，将感觉置于自我之上。抑或是，记录我遇见的人的举止、态度和话语，让我错以为自己贴近了他们。我不跟他们交谈，仅仅看和听。他们给我的感受很真切。也许，我正通过他们，通过他们的行为方式和谈话来探寻自我的某些方面。（比如，"为何我不是这个女人？"地铁车厢里，她就坐在我前面。）

皇家港地铁站在维修。网格栅栏遮住了车站的玻璃棚顶。站台上，我们还是可以看到远处的波伏瓦酒店，阳光照射在那栋资产阶级建筑的门面上。

在科钦医院骨科就诊，得先进入一个长一米、宽不到一米五的小隔间，里面有一张窄凳和一个挂衣钩。隔间有扇门直通医生办公室，门上贴着一张指示说明。上面写着该如何露出就诊的身体部位：看肩膀要脱掉上衣，看髋部要脱掉裤子。大家不知道是否可以不脱鞋子和内裤，还是要真正全裸。有 A、B、C 三个隔间，仿佛是候诊室通往医生办公室的闸室。一对夫妻在一个隔间里嘀咕着，声音很大，男人发着牢骚，不知道该脱什么，女人给出建议。一个病人刚从隔间进入医生办公室，下面的人立即进入这个隔间，大家能清楚地听到医生跟病人的对话。"您体重多少？""86 公斤。"安静片刻，医生或是在思考，或是在检查病人的身体。接着，他开始用医学术语陈述病情，旁边应有实习生和秘书，我们能听到打字机的敲打声。前面就诊眼看就要结束了，我开始感到焦虑。小房间的门即将打开，身上只有内裤的我将暴露在四五个人面前。我退缩了，不敢迈出脚步，走进亮堂的办公室。我仿佛是只小鸡仔，在鸡笼门打开的那一刻，蜷缩在鸡窝里头。

晚上，在圣拉扎尔站的站台上，我们看着列车启程，车窗灯光逐渐远去，接着，看到最末节车厢变成了红点。远处，有其他列车驶来，我们不禁问，车将驶向哪个站台，是我们等候的车吗。乘客们挤成一团，一动不动。鸟群飞向高处的玻璃天棚。

里楠德商业街区收拢购物车的人消失了。如今大家使用投币推车。

超市里，两个工位相邻的收银员一边扫码商品，一边嬉笑聊天，看都不看顾客一眼。她们似乎在聊一个同事，觉得这位同事的交往对象形迹可疑："我爸要看到我把那些家伙带回家，可有好瞧的了！"另一位言辞更激烈："更糟的是，她不觉得害臊！"

周日，共和国总统发表电视演讲。他多次提到"很多底层人"（在想什么，在忍受什么，等等），仿佛这些他口中的底层人不看电视，不听也不看他。让一部分公民听到自己是下等人，真是闻所未闻！而这部分人愿意被如此对待，更是闻所未闻！这也意味着总统属于"上层人"。

阿尼娅·弗朗柯斯[4]得了癌症。她在《另类报纸》开了"宣判死亡"专栏。那时，她刚进抗癌中心，准备摘除脑部的转移肿瘤。她讲述自己的经历。她谈到小儿子，孩子问她："你能活到我长大吗?"不忍心读它，我们通常所想的都跟生命相关。而对阿尼娅·弗朗柯斯而言，一切皆与死亡相关。在区域快铁上，我阅读她的文字，也读到她的痛苦，她活着，而几个月或几年后，她将死去。读报时，我们无法摆脱这个想法。阿尼娅·弗朗柯斯让《另类报纸》上的其他文章都失去了吸引力。

周六，临近新城、靠近瓦兹的乡村肉店。肉店老板和他老婆，两个店员，其中一个五十来岁，一个年纪较轻，正在招呼挤满店面的顾客（门都挤不进来了）。主要是女顾客，还有几对拎着购物篮的夫妻。大部分时间，老板叫得出顾客名字，他和他老婆一看来了熟人，一边为手头客人服务，一边会问上声好："你好，X夫人"。如果来的是个生客——或不够熟悉：来多少次才能算是熟客？——他们会保持距离，态度谨慎，交谈仅局限于肉的种类和品质。程序跟熟客也不太一样。女顾客慢慢地挑选，目光在冷冻柜里的肉块上逡巡，"我想要一块上好的牛胸脊肉"，接着寻求建议："两个人够吃吗？"女人拖着懒洋洋的声调说"我要两片牛肉"，她心满意足地念诵出家庭生活的诗句，还装点着描述性的细节："来一块烤猪肉，用平底锅来煎。"完美的交易：店铺老板把一块块肉用印有他名字的油纸包裹好，放进购物袋里，他很高兴，这笔买卖是对他优质产品的致敬，钱也赚了不少。女顾客则通过列举和炫耀消费品来彰显她的社会地位，表明她是个懂行的买家。来购物的夫妻通常

都上了年纪，一般会储备一周的肉食，乐于展示自己
"过得好"，或善于待客。肉店老板和顾客通过诙谐的
语调和开玩笑来表达对彼此的感谢。在这里，以难以
描述的方式上演了一场仪式，为带血的团聚食物、家
庭，以及周日围桌而坐的幸福感祝圣。在这里，年轻
人和单身人士会感到不适，他们只买两片火腿或一块
碎肉牛排，没有时间也不想费力气做炖肉。他们意识
到，在回答肉店老板"就这些吗?"这个问题时，如
果说"就这些"，是在破坏某种社会或商业规则，于
是宁愿去超市购物。

　　从奥尔良门到克里尼昂古尔门的地铁上，一个
年轻姑娘站着，侧对着门，一只手扶着车椅背。她快
速用力地嚼着口香糖，一刻不停。看到她，男人只会
想，她会剪了自己的生殖器。

　　在巴黎开往塞尔吉的列车上，一个高大的男人从

楠特尔站上车，他坐下，双手摊在膝盖上。接着，他的手痉挛起来，上下揉搓着。食指翘起，在空气中上下滑动，接着落下跟其他手指并拢在一起。他的手上蜕了皮，斑点形状一致，仿佛是被浓酸烧的。那是个非洲人，一动不动，只有双手如章鱼般不知疲倦地舞动着。知识分子也如此，从未设想过要跟自己神经质的、被劳动损坏的双手分离。

3月7日《世界报》。一个小姑娘被安置在一把椅子上。女人们摁着她，一个抱着她的身体，另一个往后扯着她的双臂，还有一个分开她的双腿。实施割礼的妇人用一把刀或一片玻璃割下了她的阴蒂，还割下了她的小阴唇。小女孩大声哀嚎，女人们摁住她不让她逃。到处都是血。实施切割的女人乐于延续割礼的传统。这些女人不是守护仙女，她们提前夺走了女孩因初夜痛楚而发出的欢愉的喊声。

报上说，那里开始不再进行割礼了，只是模拟相关仪式。从现实到象征，女性获得了解放。

塞尔吉开往巴黎的列车上，两个面对面坐着的女人在翻阅邮寄商品目录。年纪稍轻的女人煞有其事地开口说道："我母亲家楼里出事了，她还没能从这事里缓过劲来。"对面女人饶有兴趣地看着她。于是，她继续讲了下去。她对我们（很多乘客站着，不少人开始听她说话）叙述了过程，主人公是双腿有溃疡的老妇人，地点在她母亲家的大楼，情节如下：几日未见老妇人，也听不到她家里有动静，后来传出呻吟声，她母亲请公寓管理员开门，后者拒绝了，最后报了警。叙述中人物分为"好人"（她母亲）和"坏人"（管理员）两类。最终结局通过叙述者的语调和动作可以预见，年轻女人绘声绘色地讲述着一系列波折："门很厚，破不开，那是个老房子"，"前天""昨天"等时间状语让人联想到可怖的结局。她停了下来，接着说声"好吧"，然后佯装惊讶，"事情是这样的"，手比画着，嘴巴动着，重新开始讲述。她的脸庞和垂下的双眼流露出讲述的快感，时不时，她抬眼看向故事的第一听众，坐在她对面的女子（不过，此时，那女人已是虚拟的听众，真正的听众是车厢过道上挤成一团的乘客）。这一讲故事的方式简直不知廉耻，展露叙述的快感，拉长通向结果的过程，激发受众的欲望。任何叙事都有色情的嫌疑。最后，大伙儿发现了老妇人的尸体，她死了已有一个星期。

（我意识到，自己总是在现实中寻求文学的迹象。）

三月阳光下的新城。没有厚度，只有光和影，停车场比以往更加阴暗，混凝土建筑让人目眩。这个场所是个单维空间。我头疼。感觉这一状态可以让我接近城市的本质，一个精神分裂症患者的白色遥远梦境。

在车里，看靠近圣德尼市的普莱耶尔大厦。搞不清楚大厦里面是公寓还是办公室。从远处看去，它空无一人，黑黝黝的，带有恶意。

《解放报》刊登了历史学家雅克·勒高夫的一篇文章《地铁让我身处异地》。每天乘地铁的人去法兰西公学院是否也有身处异地之感？大伙儿没机会去感受而已。

电视播放了关于"楠特尔之家"的纪录片。那里住着老人、年轻姑娘和带孩子的夫妻。他们有着共同点，无法自立，找不到工作，没有住所，不知道明天或未来要干嘛。除了这里，世界没有他们的立足之地。食堂里六人一桌用餐，房间布置精美，床罩上印着花朵图案。一代又一代人来到这里：一个二十岁的姑娘来这里跟母亲一起生活，她妈妈是个身材肥胖的盲人。所有人都顺从自己的命运，无感，无痛。在院子里，一个男人捡起地上的石头，用石头围着树木摆成一圈做装饰。他说，石头不应该散落在地上。这是纪录片的最后一个画面，画外音响起："由此，我们可以看到楠特尔之家的隐喻，它井然有序，并维持秩序。"为了让纪录片的结尾富有美感，制片人利用了男人的举动和生活片段，将其转变为一个象征、一种风格。它会阻止人们思考，为什么这个男人会在那里，为什么记者和电视观众很难想象身处那个可怖的地方，而有人会在那里感到幸福，愿意远离世界。

圣拉扎尔车站，一对母女上了开往塞尔吉的列车，面对面坐下。女孩一边读《电视全览》（Télérama）一边评论："妈妈，咱们去看《奶牛和战俘》这部电影吧！"说着诸如此类的话。母亲拿出一包薯片："洋葱味的！"母女俩一起从袋子里掏薯片，一包很快就吃完了。母亲说："回去顺路去下超市吧。""不去，我要看电视。""好吧，随便你。"她们似乎认为有权跟所有乘客分享自己的想法、动作，显然自信于自身优越的社会地位，知道别人会听她们，看她们。她们渴望展现母女间的亲密场景，认为这样的母女关系令人羡慕。两人身着运动服，脚蹬绳底帆布鞋，搭配短袜，刚从布列塔尼海边度假回来。

从外面看，勒克莱尔超市像一座玻璃教堂。超市里，人们行走在一排排间隔的巨大货架之间，突然间，可以看到商店尽头玻璃隔板后面有身着白色罩衫、戴着头罩和胶皮手套的男男女女，他们正在切肉。血淋淋的肉骨架悬挂在那里。感觉像是往购物推车里填满食物后，到了医院的解剖室。

收银台前，一个残疾人坐在轮椅上，跟收银的姑娘们说笑着。一些商品没打标签，收银员叫他去看下价格。他把购物袋放在肚子上，摇着轮椅朝着货架去了，接着又回来。收银的姑娘们笑着，因为他很能干，也因为他很听话。得到这些爱嘲弄人的漂亮姑娘的关注，他很得意；能指使一个她们无所畏惧的男人，让他像小狗一样摇着轮椅跑，姑娘们也心满意足。

　　我们在牙科诊所里候诊，读着摆在矮桌上的杂志。三个病人彼此不相识。候诊室窗外传来轻便摩托车的声音（候诊室在一楼）。一个年轻男人的声音响起，招呼远处的某人："你周日过来，嗯？"一个男孩或女孩答应了一声，但听不清楚。"你准时到啊，嗯？"声音再次响起。接着，男人喊道："再亲下！"这或许是句玩笑话，想替代"再会啊！"候诊室里一片尴尬，因这句话，也因我们所处的情景，我们身不由己，成了窥伺者。独处时，让我们觉得好笑或好奇的话语，在众人面前，则成了下流话。

　　法国国营铁路公司的罢工者出现在电视屏幕上。游行队伍重复着两周前大学生示威时唱的歌，喊的口号。他们试图模仿大学生和他们的语言，"你的铁栅栏，你知道，我们只想说'操'！"[5] 在接受采访时，示威者言辞笨拙，说些工会的陈词滥调。媒体和政府巧妙地将他们塑造为下层阶级，国营铁路公司经理态度坚决地宣布："火车要先动起来，然后我们再协商。"仿佛工人的头脑都很愚笨。大学生示威游行，是创举，充满"幽默感"，捍卫自由进入大学的权利，那是未来统治者的抗议。而火车司机上街，举止粗俗，笨拙地要求涨点工资以养家糊口，那是被统治者的抗议。

　　M. 有着一头红发，戴着眼镜，冬日里常穿皮草大衣。她在电话里说："您要养只猫。作家没有不养猫的。"

　　上周，文学评论家 J.-C.·L. 说："我们从笔记本就能判断谁是真正的作家。"因此，写作是不够的，必须有外在的符号、物质的证据来定义作家、"真正"的作家，而这些符号，所有人都看得懂。

1987 年

楠特尔大学，A.女士开始上课，内容关于唐璜神话。"我要谈一谈神话的道德。神话和道德之间有何关系？"所有的学生都沉默不语。"什么是神话的道德？"沉默依旧。她说："你们不知道吗？"她穿着一件米色丝绸上衣，下穿长裤，身形苗条，举止优雅。最后，她给出答案，一锤定音，仅有她才有解答权。"道德，是持久之物。"学生们惊愕不已，他们希望听到一个明晰的答案，以减轻无知的负罪感，然而，却只能隐约感受到晦涩的思想进路和进一步的盘问，这让他们觉得自己更蠢。

奥斯曼大道的商场里，漫无目的地试衣服。有些麻木了，购买的欲望时而袭来，时而熄灭，这件查寇珂的毛衣，那件卡罗尔的毛衣，这条有着细褶的长裙，"我"不断改变形象，蓝衣、红衣，深 V 字低领，穿衣脱衣。为选择颜色和款式而苦恼，被这些可以套在身上的活生生的、数不尽的东西所撕扯。

重新回到奥斯曼大道潮湿黝黑的石板路上，意识到，我们其实不需要毛衣，也不需要长裙，什么都不需要。

在里楠德街区广场上，两个孩子双臂伸展，玩开飞机的游戏。其中一个孩子兴奋地喊道："起飞喽！"接着，他仿佛看到了不可避免的结果，用宿命论者的口吻说道："要摔破头喽。"孩子一边欢欣地旋转着身体，一边重复这句话，说了好几遍，语速越来越快。

开往巴黎的列车上，男人问一个年轻女人："您每周工作几个小时？几点上班？想休假的时候就能休假吗?"判断一份职业的好处与限制很有必要,它们决定了生活的物质性。这并非无益的好奇心,也不是乏味的闲谈,而是去了解他人如何生活,由此知道我们该如何生活,本可以过怎样的日子。

我看见了去年在福兰普利超市收拢购物推车的男人。他和一个女人一起,正在这家超市购物。他毛衣长过外套,裤腰上挂着闪亮的链子。女人手指着"总统"牌卡芒贝尔奶酪,大声问:"咱们拿块儿'总统'?"他回答道:"你觉得咱们能轻易把'总统'领回家吗?"女人没笑,继续打量货架。他就是停车场上靠墙站的男人,不过,现在他一身朋克装,身边有女人,看上去更自由,更幸福。他们没有推购物车。

收银台前,两个女人在聊天,应该是老板娘和员工,顾客们在寻找自己需要的五金制品。"他回家晚,她不理解。她是个老师,跟做买卖的不一样。她不明白她老公工作没个定时。她没法理解生意行当。"

"您这话说得对!"老板娘感叹道,接着,音量更大了,又重复一遍:"您说得对!"强调"对"字,并不是要体现"对""错"之分,而是表现了她的惊讶,她惊讶于自身没有发现这一点,认清这一点,而员工却不费力气就看透了。

扩音器里,一个女人的声音在解释愚人节的来历。接着,介绍了当日促销商品,包括高保真音响和开胃酒。超级市场希望培养顾客群体,或是彰显自己的教育功能,换言之,这是一种商业策略,以消减广告轰炸的嫌疑。相信不久之后,超市里会放电影,办画展,举办文学活动,或许还会开设电脑课程。这是一个窥探人间百态的空间。

一档广播节目每晚会播放两首歌进行比较,一首新歌,一首老歌,有时,老歌也仅发行一年不到的时间。听众会打电话告知自己喜欢哪一首歌。大多数听众很年轻，女孩子居多，主持人"随机"接听电话，询问哪首歌获胜。获胜的总是最新推出的歌。

昨天，发廊里的洗发妹说："现在的流行款式比从前美多了，十年前，大伙儿的衣服真丑。"

年轻一代与其时代完全同步，相信新的东西更好——美的东西，就是"刚刚出现"的东西——因为，否则，就意味着不相信自我，更不相信未来。

一个女人正激烈地指责邮局营业员，说有封信寄错了地址。面对怒气冲冲的顾客，营业员犯起了倔，拒绝查找信件，反唇相讥。这是自然倾向，利益受损时很自然会激发强烈的情绪，表达自己受损也会带入这种情绪，正如用悲伤的口吻来讲述伤心事，用高兴的口吻来表达欢喜事。这出戏是本能出演，形式和内容一致。在表述一件糟心事时，要从这件糟心事引起的情绪中抽离出来，需要付出努力，保持距离，要意识到你面对的人并没有感同身受，只会感知你咄咄逼人的语气，并相信这语气是冲他而来的。相反，用语礼貌，即便不那么真诚，也不一定是真心向营业员传递善意，反而会让诉求得到妥善处理。

人们发现一对父母任由自己的两个孩子饿死。广播和电视评论员很惊讶，医生竟然没干预。没人想说或愿意说出来，在为底层赤贫家庭和中产阶级家庭的孩子做检查时，医生下意识不会同样用心。这些孩子因家庭状况缺乏营养，发育迟缓，他应该认为这很正常，很普遍。他任由事态发展，实际上，父母因贫穷、不识字，也任由事态发展，家里有八个孩子也导致悲剧发生：有太多张嘴要填饱，大人钝感了，麻木了。对父母和医生而言，这是社会的自然进程。

一辆购物推车翻倒在远离商业中心的草丛里，仿佛一个被遗忘的玩具。

八月正中，一个小老太太在三泉商业街区停了下来，或许是迷了路，她身着艳粉色衣裳，脚穿白袜，头戴草帽。在她周围，有体育运动品店，戒指专卖店，还有尼古拉葡萄酒专卖店。

区域快铁上，一个男人，醉了，躺在车厢最后头，高声重复："我可不害怕。心安理得，什么都不怕。"接着，又说："我的票投给了勒庞。勒庞这家伙，他可是为阿拉伯人好，为干活的人好。操蛋的家伙，滚开！"所有人都低头看报纸，或看窗外。在楠特尔站下车时，我看见了这个男人，他约有五十来岁，头戴一顶海军帽。

我在勒克莱尔超市购物时听到了《旅行吧》[6]这首歌。我不禁思忖，我的感动、快乐以及被这首歌扫荡一空的焦虑，跟书本带给我的强烈感受有无共通之处，比如帕韦塞[7]的《美好的夏天》福克纳的《圣殿》。Desirless 这首歌激发的情感很强烈，几近痛苦，那种不满足的感觉即便反复听也难以填补（过去，一张唱片我会反复听，甚至连续听上十遍，想听腻，却从未听腻过）。读书则比较容易自我摆脱，容易跳离出来，解除欲望。我们却很难从歌中的欲望走出来。（唱的什么不重要，重要的只有旋律，因此，我一直没听懂五黑宝合唱团[8]和披头士乐队唱了些什么。）没有地点、场景，也没有人物，仅有自我和欲望。正是这种简单粗暴，让我在三十年后再听《我只是个舞伴》时，脑海中充满了对自己生命中整整一个时代和少女岁月的回忆。而《美好的夏天》和《追忆似水年华》，尽管它们内容丰富，文笔优美，我也反复读过两三遍，可它们却从未让我有生命重来之感。

女发型师情绪激动，大声嚷嚷着，跟身边正在上卷发杠的另一位发型师说："我立刻就发现了，我跟她说，这是虱子卵啊。她回答，当然不是啊。哎，夫人，我还是分得清啥是虱子卵的！我拒绝给她做头发。你知道吗，她发了火，冲我大吼大叫！"发型师继续激动地讲述这个故事，声音响亮，仿佛想要大伙儿都知道那女人的胆大妄为。那个头上长虱子的女人胆敢来这里洗剪吹，以洗刷发现虱子卵时感受到的个人侮辱。

一个小姑娘和妈妈在阿谢尔城市站上了开往巴黎的列车，她戴着一副心形太阳镜，拿着一个苹果绿色塑料编织小篮子。孩子大概有三四岁，绷着脸，紧紧搂着篮子，戴着墨镜的小脸往上仰着。这是展现出"淑女"最初风范的绝对幸福，也是拥有心仪之物的纯粹喜悦。

今日阳光下，建筑物的尖脊撕破了天空，玻璃墙板发着光。我在这座新城住了十二年，还不清楚它的模样。因一直开车在城里穿行，我无法描述这座城市，不知道它始于哪里，终于哪里。我仅能如是记录："我去勒克莱尔超市（或三泉商业中心，里楠德的福兰普利超市，等等），接着再重新回到高速公路，马尔库维尔高楼（或 3M 明尼苏达大楼）后的天空是紫罗兰色的。"没有描写，没有叙事。仅有瞬间与相遇。民族志文本。

　　三泉商业中心化妆品店的售货员怀孕了，大概有 6 个月的样子，她是店里资历最老的员工，工作有三年了。如今，她的脸胖得几乎没了下颌线，行动缓慢，一直面带微笑。"这款睫毛膏干得很快。"她笑着说。顾客问："还有几个月生?""四个月"，她头往后仰着，笑着说："都好着呢!"我在离开化妆品店的时候，她还在笑，痴痴地笑，孕期的女人很容易就被逗乐。

"Top 50 排行榜"榜首歌曲是这么唱的:"来家喝一口,红酒白酒肉肠都有,还有米莉拉手风琴伴奏"[9]。第一印象:"喜欢这歌的人怎么可能会去听莫扎特?"现如今,我觉得这首曲子很欢快,有身在周日,阳光明媚,好友来访的感觉。歌里唱道:"老婆回来了,把潘趣酒上了锁,吼声盖过我们一头。"这反映了很多人的真实生活,只有从未见过女人一边吼着"你们喝多了"一边把酒瓶从桌上拿走这样场景的人,才会觉得歌词很糟糕。他们或许可以忍受描述或揭示潘趣酒—小肉肠这类生活模式的歌曲,但从这首欢快地,甚至是欢天喜地地宣扬大众欢聚之乐的歌中,感受到了一种冒犯。

楠特尔大学校区里,一位教师正在讲授普鲁斯特,教室墙面上写着:

尽情享乐

性自由

自由恋爱

大学生们，睡觉就是浪费生命

强制推行经济平等

位于托内尔码头街的银塔餐厅产品专卖店得按门铃才能进去。从外头看进去，店里有张桌子，上面装点着鲜花，一对情侣正在用餐。进了门，我们才意识到那是两个蜡人。一个男人正在买印有"银塔"字样的黑色绣花拖鞋。他问是否可以试一试。他在蜡人模特边上坐了下来，旁边柜台摆着精美的玻璃器皿和印有酿造年份的美酒。店里产品不多，都是昂贵的名牌货。让人感觉是在丧葬用品店。这里，肥鹅肝被装在白色小瓷罐里售卖。

圣诞节后，玛格丽特·杜拉斯和让-吕克·戈达尔进行了一场电视"对谈"。也就是说，两个艺术家私底下的、在家里的或咖啡馆进行的谈话被展示给众人。他们侃侃而谈，毫无拘束之感，仿佛身边没有摄像机，没有满屋的技术人员（带着一种高级的"淡定"）。杜拉斯跟戈达尔说："你写的东西有问题。那是你的短板。"他回答是，或不是。他们谈什么并不重要，重要的是，这一场知识分子和艺术家的对谈是谈给别人听的。真是交谈的理想模式。

戈达尔和杜拉斯赢得了人们的尊重。文化人招人尊重。在从前，人们可不尊重布尔维尔和费南代尔，更不尊重科昌什[10]。不过，死亡也可以让人变得有文化。

巴黎，除夕夜，大街上，奥斯曼大道的商场前，地铁站以及区域快铁车站里，所有乞丐，无论老少，都高喊着："新年快乐! 新年快乐!"在阿夫尔-科马丹站，问好的声音嘈杂起伏，令人生畏，极具威胁性。人们不仅思忖，乞丐们会不会拔地而起，朝拎着大包小包和礼物的路人扑去，抢夺属于自己的东西。

1988 年

"快点，快回家！"男人对低头刨地，犯了错的狗说道。这句话对孩子、女人和狗重复了一千年。

周六，圣拉扎尔车站，一对夫妻在排队等出租车。女人看上去精神恍惚，任由男人拉扯着。他说着，重复着："你会看到我什么时候死。"接着说："我想放把火烧死自己，你知道吗，我想一把火把自己烧死。我不想去那个破地方。那个破地方那么丑。"他搂紧了她，女人惊惶不已。

我仿佛是个妓女，任由众人和他们的存在插入我的体内。

药店里，一个女人在给丈夫买药，"吞了这些药，他就不饿了。"提到丈夫不注意"保暖"，不爱惜身子，她笑着说："如果他是个孩子，我早就给他一记耳刮子了！"这些话代代相传，报纸、书本上读不到，学校里也不会教，它们是大众文化的语言。（也是我的语言——正因为此，我一下子就识别出来。）

早上七点开往巴黎的列车上挤满了人，乘客们几乎不说话，说起话来也是慢吞吞的。一个女人声音带着睡意，跟对面女人说，她发现水族缸里的鱼死了："我敲了敲鱼缸，它一动不动。看它漂上来，我心想'完了'。"没过多久，她又把经过讲了一遍，重复道："我心想'完了'。"她说话时，另一个靠窗的女人好奇地听着，盯着她看。灯光发黄，大衣闷得人喘不过气来。车窗玻璃上覆盖了一层水汽。

众议院站，站名里"议员"一词的前缀 dé 被划去了，于是，变成了"妓女之家"[11]站。这是个反对议会制的符号。据说，这必然会导致法西斯主义。不过，划掉 dé 的那个人，或许只是想逗个乐子，逗乐他人。是否可以将一个行为的当下和个体意义与其未来的、可能的意义及后果分离开来？

新城站，一群年轻人站在自动扶梯旁边。差不多都是小伙子，其中只有一位姑娘。我从边上经过时，姑娘正以活泼的语气说："你没跟小伙伴们说吗，我怀了你的崽，两个半月了！"随之一阵哄笑。仿佛这姑娘置身于大风横扫的荒漠。

这段时间，一个男声出现在各个广播调频里，背景音乐令人飘飘欲仙，男人的声音富有说服力："欢迎来到罗纳-普朗克[12]产品世界，应对挑战的世界！"

一个男人在地铁车厢里讨要硬币和餐券："我失业了。"他伸出手，徒劳无获。他在协和广场站下了车，低声嘟囔，仿佛自言自语："我真的没钱。"

　　福兰普利超市收银台前，一个亚裔女人在排队，她背着儿子的双肩包，小男孩刚放学，正在她身边玩耍着。

　　楠特尔大学站的站台上，五月一个周六的傍晚。男男女女一群人，年龄在三十至六十岁之间，人手一个纸袋，袋子上有"佩多克王后酒窖"的字样，里面装着红酒。笑声不断。女人们更健谈，讲述着这一天的愉快旅程（似乎是一场诺曼底之行）。想到开心的场景，他们又笑了起来。那些让人发笑的场景，重新讲述一遍，因为情境不再，会让人笑得更凶。（同样的道理，回想做爱的每个动作，会让我们在头脑里再次经历高潮。——文学亦如是，会让快感和痛苦复现。）他们谈到在一家店铺的经历，他们叫它"药房"，或许是家"天然产品"作坊。一个女人说："那店员，他对我说，您有狗吗？如果它拉白色的屎，得把狗屎收集起来。"女人笑弯了腰，重复道："如果它拉白色的屎！"

这是一个旅游团，人们彼此熟悉，好像是一个公司的，他们很自然地高声谈论独自出行的乘客："瞧，那位夫人站起来了，车可能来了。"其中一个男人说："咱们本该从普瓦西站下，更近些。"某人提议去可丽饼店再聚聚，他又说："咱们吃得够多了，可丽饼，就算了吧！"听到童年时熟悉的这些话，这些表达（一个女人还说"他可真有派头！"），我很是惊讶。有一条法则常常得到验证：我们因不再使用某些词，就认为它们消失了，当生活无忧时，便认为世上再无苦难。另一条法则却恰恰相反，想象一下，当我们回到离开许久的城市时，发现那里的人们一如既往，没有变化。这两种情况，都是对现实的无知，并将自我作为唯一的衡量标准：第一种情况，是将所有其他人都同化为自我，第二种情况，是渴望从形象定格在我们离去那一刻的众人身上找回过去的自我。

　　从后天起，圣拉扎尔站不再是我和新城居民进入巴黎的大门。通过区域快铁，我们能抵达夏尔·德·戴高乐-星形广场、奥贝尔、中央市场等地铁站。这天早上，我长久看着圣拉扎尔站的大厅，看着鸟儿飞过车站的玻璃天棚。塞尔吉-巴黎交通线路的改变是我九年生活的分水岭，前面是塞尔吉-圣拉扎尔时代，后面是区域快铁 A 线时代。

　　艾迪亚尔高级食品店位于新城的时髦店铺街区，一个身裹传统长袍的黑人妇女走了进来。店铺主管立刻流露出尖刀般锋利的目光，紧盯着女人，人们不禁怀疑她是否走错了地方，而这女人还没意识到她不属于这个地方。

　　我第一次乘坐从塞尔吉直达巴黎的区域快铁。无需再一早抵达圣拉扎尔站黑乎乎的站台，照射在铁轨上方顶棚的阳光，罗马路上的"夏普兰酒店""高级秘书学校"招牌，站台上的人群，所有这一切，从今早起都成为记忆。晚上，在车站信息屏前等待，人们四处走动，去赴约（怎么能在区域快铁站里约会呢?），广播里播放着通知，列车隐约透出蓝色灯光，晚上这一切也成记忆。如今，我们从地下抵达巴黎，人造灯光下，不知身在何处。

夏尔·德·戴高乐-星形广场站有长长的自动扶梯，漂亮，安静。接着，乐队演奏声越来越响。女人们在一个首饰摊前停下脚步。那是早上八点钟。

我问给我做头发的年轻发型师："您爱看书吗?"她回答："我不介意看看书，但没时间。"（"我不介意"洗碗，做饭，站着干活，这一表达意味着人们能默不作声地干不喜欢的事。阅读，便是其中一项。）

报上刊登了一项调查。它揭示了具体象征物的力量。人们在爆粗口时提到上帝不觉得有何不妥，而鲜有人愿意冲十字架吐痰（胆敢把它当假阳具用的人肯定更少）。有人愿当逃兵，却不敢践踏国旗。自孩童时起，我们一直被教导要尊重这些物品的神圣性，尊重我们看到的、触摸到的这些物品的力量，亵渎它们，则是对世界直接可见的攻击。对于物品而言，语言和思想没有行为和动作生成的力量更大。希望敌人倒霉不适，这很自然，但拿出玩偶，在上面扎针，想要伤害敌人并付诸实施，这对大多数人而言都是不可想象的，这并非蔑视迷信举动，而是惊骇于这一动作除亵渎之外别无其他目的。

如今，一个流浪汉常在塞尔吉-巴黎区域快铁上乞讨。他的技巧就是开诚布公："我不是小偷，也不是杀人犯，我是个流浪汉！"接着会说："给我几个硬币，让我吃口饭，喝杯酒。"（如果说"我没工作"，会立即招致人们的猜疑和怒气，他去找活干就是了！）他接着宣布："从您身边经过时，请给张小钱吧，大票子也成！"幽默感起了作用，人们笑了起来。对给钱多的人，他会大声喊："假期快乐，一天快乐！"对一个子儿不给的人，他会说："短假期，小快乐！"他有逗乐的天赋。下车时，他高声喊着："好嘞，那咱们明天见！"一车人哈哈大笑。他的策略很棒，充分尊重了地位差异：我是个流浪汉，酗酒，没工作，我是你们的反面。他不是在谴责社会，而是在巩固社会。他是个小丑，将其自身体现的贫困、酗酒等社会现实与旅客艺术地拉开了距离。他本色出演，极有天赋。

我从普瓦索尼埃尔地铁站下来，沿着拉法耶特路走到圣樊尚-德保罗教堂。进教堂要拾级而上。一个皮肤晒得黝黑的姑娘坐在石阶上，正在写信。一对情侣在拥吻。我仿佛置身罗马，沿着布满鲜花的西班牙台阶，走入阳光，走向圣三一教堂。接着，我沿着马真塔大道而行，想要寻找位于106号的瑞典酒店，也就是曾经的斯芬克斯酒店。酒店正面被篷布遮住了，工人正在内部各个楼层进行拆除工作。一个工人臂肘支在窗台上，望着我笑，跟旁边人说着话。我站在对面的人行道上一动不动，抬头仰望着酒店（或许将被改造成公寓）。他或许在想，我旧地重游，是来找寻爱情或艳遇的记忆。我来找寻另一个女人的记忆，她是安德烈·布勒东的娜嘉，1927年曾在这里居住[*]。我面前的街边橱窗里摆放着过时的皮鞋，清一色黑色，还有拖鞋，也是黑色。人们会以为这是家葬礼或神职人员专卖鞋店。我随后沿着马真塔大道而下，拐进寂静的圣拉萨农场小径。一个男人坐在门槛上。石板路上有一堆混着血迹的残留物。我又走进拉法耶特路，来到装饰着旧式幕帘的新法兰西咖啡馆。咖啡馆门

---

[*] 安德烈·布勒东，《娜嘉》，1928。

口，一个小伙子跟路对面的亚欧混血姑娘用手比划着什么。我以娜嘉式的步履前行，有些生硬，但看上去生气勃勃。

克吕尼站，一个高大的金发男孩蹲靠在通道墙边，双腿紧贴着肚子，低着头。他身穿 K-way 牌红色夹克，米色裤子，衣着干净。他身边有个双肩包，前面摆着一个牌子。我没看清上面的字。在朝站台走去的时候，我一直想折回去看看上面写的是什么，想给他钱。那个时候，根本没法转身。我以为看到儿子在乞讨。

傍晚六点，区域快铁上有很多人。一个女人靠窗而坐，不时扬起目光，投向过道里聚集的人群。她的目光所向之处只有女乘客。她一头棕发，皮肤光洁，身着灰色外套、条纹裤子，带着黑色公文包。她双手纤细，戴着婚戒。她注视的不是涂脂抹粉、模特般的金发女郎，而是身着米色短裙衬衫、体态丰满的小个子棕发女人。意识到有人在看她，娇小圆润的女乘客目光转向别处，接着吸气收腹。透过衬衫可以看到她的白色胸罩。她露出了笑意，笑容隐隐约约的，一直挂在脸上。女人持续盯着她，眼睛眨都不眨。小个子棕发女人向我投来带着笑意的目光，仿佛是告诉我她在被搭讪。因被搭讪，她不自觉间也散发出笑容。我想起了课间休息时，在院子里，小伙伴们用手捂着嘴，因感到羞耻或因觉得好玩而痴痴地笑着，只因为热讽维耶芙·C向我们展示了她的阴部。那是小学二三年级，那时，学校里还没有男生。

F. 和朋友刚在绿道路新开了一家摄影工作室，为作家拍写真。从那时起，她们谈到某个作家时，会直呼名字，口吻一副"乔尼"[13]乐迷的派头，而她们恰恰瞧不起这些乐迷："伊夫的书卖得不错，我们为他高兴。"她们以为或想让人以为自己跟作家有着亲密关系。她们会把弗吉尼亚·伍尔夫叫作"弗吉尼亚"，但不会把普鲁斯特和塞利纳叫作"马塞尔"和"路易-费迪南"。

这天早上，我出门遛发情的母狗，遇到一位小老太太，她牵着一条活蹦乱跳的杂种猎犬，那狗从远处就窥伺着我们，鼻子嗅来嗅去。我们相互问了好。我到了这样的年龄，开始跟见过两次面的老太太问好，因为我强烈地预感到自己很快会变成老太太。二十岁时，我是不会看她们的，没等我皱纹长出来，她们就已经入土了。

中央市场站，我坐在站台上，两边各有一支乐队在演奏。人群慢慢地在嘈杂的乐声中散去。

晚上九点半，夏尔·德·戴高乐-星形广场站上演了一场修辞练习。一个醉醺醺的年轻男人冲着另一

个坐着的男人喊:"操你妈!"后者四十来岁,一副
落魄模样,应该不是流浪汉,不过也差不离。年轻人
继续喊,声音更大:"操你妈!我跟你说话呢,操你
妈!"年长的说:"你为什么骂我?说话礼貌些!"随
后,两人你一言,我一语。坚持声称自己不是流浪汉
的年长者跟年轻人解释,因为他说话粗鲁,富有攻击
性,他们没法交流。"你走过来,说'操你妈',我知
道'操'是什么意思,没法回答你。如果你说话有礼
貌,如果你冷静些,我们还能聊一聊。现在,我可没
法回答你,不想搭理你。"年轻人继续挑衅,年长的
继续解释在一个"正常的"世界里真正的对话应该遵
循怎样的准则,虽然从物质层面而言,他已被这个世
界排斥在外,但他想要保留这个世界的礼貌之道,就
像破产贵族继续进行吻手礼一样。不过,年轻的流浪
汉可不上当,他应感觉到,如果愿意跟他交谈——即
便按照友好对话的准则——那个拒绝承认跟他是同类
的落魄男人迟早也会变成流浪汉。站台上所有的乘客

都看向别处或低头读报。

我意识到，面对真实发生的事情，有两种处理方式：一种是详尽准确地平铺直叙，体现其突发性和瞬时性，不做任何故事性编排；一种是将它们储备起来，（适时）拿来"为我所用"，让它们进入一个整体（比如小说）。碎片化的记录，一如我在本书中所写的这些，难以令我满意。我需要投入一种长期的、经过构思的工作中（而不是任凭某日的运气所带来的偶遇）。当然，我也需要记录区域快铁上的场景，记录人们的言谈举止，但这仅仅是为这些人而记，并无任何实际用途。

十月的骚乱之后，塞尔吉车站的墙面上写了一句话："我爱你，阿尔及利亚"，在"阿尔及利亚"和"我"之间有一朵血红色的花。

1989 年

整整一天里，涂刷大楼的老漆工都在责骂小学徒："别耍帅了，没必要！"或"手不能放那儿，真是笨！笨，不是你的错，你天生就笨。"小学徒继续欢快地哼着歌，老漆工看上去心满意足。这些无关紧要的话，几近亲昵，是一种仪式符号。我们仿佛回到了旧日时光。

圣拉扎尔车站不再是我生活的一部分了，如今，我只经过区域快铁停靠站，奥贝尔站的寂静，地铁广播电视播放的低沉而悲伤的乐声，中央市场站混合管弦乐队的奏乐，无声驶来的列车，热浪，灯光。19世纪的圣拉扎尔站也即将进入 21 世纪。

一种新型"乞讨"出现有几周时间了。"能给两个钱儿吗？我好去喝个烂醉。"那是个单耳戴耳环的年轻小伙子。玩世不恭取代了恳求怜悯。人总是在不断创造推新。

我试图回忆新城三泉商业中心入口处何时出现了第一个乞丐：是今夏（1989 年）吗?

区域快铁上，一个年轻姑娘把买的东西摊放在座椅上，有一件衬衫、一对耳环。她盯着它们看，用手去摸一摸。这个场景很常见。拥有美好之物让人感到幸福，实现变美的欲望。人与物的关联是如此感人。

塞尔吉警察局站前的公交站里，一个女人在激烈地斥责一个少女，那是她女儿。她最后说道："我不可能一直活着！生活中，你得自己应付难题!"

我父母亲的话，他们的语调，依旧回响在我耳边："我们不可能一直活着！"他们突然严肃起来的面孔浮现在我面前。说这话时，他们俩还好生生地活着，它其实没有现实意义。它只是一种遥远的威胁，感觉就像是勒索，迫使我努力工作，不铺张浪费，等等。现在，我想起了这句话，它依旧没有现实意义。两个活着的人用它来威胁我，现在他们都已死去。"等我们死了你就知道了！"还有这句话，荒诞、残忍，被人反复使用。

佛罗伦萨。维奇奥宫女厕所。门口贴着告示：200 里拉。一个六十来岁的男人负责维持秩序和打扫，里面有四五个隔间。女士们在门口排队。公厕管理员忙个不停，在每个隔间使用后神情严肃地检查一番。一个二十来岁的年轻小伙子从一个隔间里走出来，用纸巾擦拭双手，女人们盯着他，目光无声地发问："他在这儿干嘛，这可是女厕所。洗手这个举动让人生疑，他打飞机了吗？"管理员立刻冲进小伙子刚待的地方，用笤帚和拖把大张旗鼓地扫拖地面，冲水，打扫，动响很大。接着，他向一个女人示意，现在可以进去了。看到地方弄脏了，他用夸张戏剧化的打扫来表达斥责，于是，每个女人都觉得有义务保持所使用地面的整洁：一个人出来后，管理员仅需看一眼，接着示意下个女人进去。这个男人被指派负责女性如厕，他的快感显而易见，来自世界各地、不断更新的后宫佳丽便是这个色鬼的工作福利。他对洁净有着极其苛刻的要求，洁具要一尘不染、完美无瑕，以此救赎自己的淫念。

天主教救济会的招贴告示上写着：**敞开你的心扉**。我们看到的穷人，被统治阶级打上贫困的烙印。我们并没有扪心自问，面对变形的躯体、褪色的衣裳和呆滞的神情，这些贫穷的人自身会如何作想。

《个人电脑》杂志有一则广告。右侧页面出现三位男士和一位女士。两位男士西装革履，女士身着性感黑裙。第三位男士面孔有些模糊，身着丝绒长裤，红色毛衣，大概属于"68"一代。图片下写着：**我们将揭示个人成功的奥秘**。翻过这页，人物还在。第一位说："我成功，是因为常读《个人电脑》，因为我父亲是董事长。"另外两位同样的冷幽默口吻。第四个人，那个红衣男人，不见了。过时的穿搭和懒散的姿态（其他人衣着笔挺、精力充沛）昭示了他的失败，他从成功者的群像中消失了：他被抹去了，成了"透明人"。这个词随着80年代自由主义的兴起而出现。按照当下的时代标准，它就是下等人的意思。

超级折扣店里，一个年轻收银员，或许是个替班的，跟站在她身边的相熟的两个姑娘谈笑风生。排队的顾客满脸指责之色。顾客们很清楚，她毫不关心他们，只负责给商品扫码，仅此而已。顾客们对此心怀不满。

地铁上，一个男孩和一个女孩吵了起来，接着又相互爱抚，吵架和爱抚交替进行，仿佛身边没有旁人。其实不然：他们不时看向其他乘客，目光带着挑衅。他们给人留下强烈的印象。我寻思着，对我而言，这就是文学。

1990 年

一对五十来岁的夫妻每周五晚上会来购买一周吃的肉食。男人，或女人，报上要买的东西，猪肋骨、牛腿肉，要带骨头吗？当然要。有时他们也会相互征求意见："小肉肠怎么样？"老板和店员跟夫妻俩开着玩笑。买卖把双方情绪都带动起来。"我还给您拿了只珍珠鸡，比童子鸡要小些。""没问题，我们把它们摆一起，谁先把对方吃掉谁获胜！"男人笑着转向其他顾客。口无遮拦的一幕。我们不知道这对夫妇的快感是否源于对自身经济实力的炫耀，展现自己"过得好"，胃口好，而食欲跟性欲相关，或许食欲已经取代了性。（很容易想象这一幕，他们相对而坐，吃着东西，一言不发，夜复一夜，直到死去。）

在楠特尔站出口附近，六十年代为移民建造的过渡房仅残留一些水泥板，显出建筑物的框架。大人、孩子曾在那里生活了二十年。那时候，从列车上能看到孩子们在泥地里玩耍。到了1990年代，区域快铁A线的乘客已不了解这些看似墓碑、野草在其间疯长的水泥板的含义。

"女作家"，个头矮小，一头棕红色鬈发，她站着，身子靠着书店的墙面，书店离博布尔不远。出版人在她身边，介绍着她，讲述她的勇气。她披着紫色披肩，双臂套着臂环，纤细的指头戴满戒指，轮到她发言了。她声音颤抖，说："写作，就是选择失去。"她长篇大论，扮演着被诅咒的作家，被社会遗弃的牺牲品。人们围着她站成半圈，人手一杯红酒，点头称是。当然，他们对她没有丝毫怜悯，他们很清楚，她并没有被遗弃，——真正被遗弃的人，是无从表达的，也没得选择——，他们也想"失去"，换言之，即写作。作家当然也清楚，大家羡慕她。内心深处，大家都知道真相是什么。

1991 年

圣父路，一个寒冷的二月傍晚。粉红沙滩内衣店里，满眼糖果色和印着印度洋海上日出、莫奈花园花朵图案的丝质内衣。这里没有色情或近似色情的气息，只有美丽、脆弱和纤柔（整个店铺可以打包装进一个旅行箱）。有人或许会想："我知道，妓女才会穿这些玩意。"（胸罩、内裤，这些词，他们说不出口。）渴望身着这些美丽之物跟想要呼吸一口纯正空气一样正当合理。这些与肉体分离的内衣，能够配得上它们的肉体是完美无缺的。这里陈列的内衣，我们为某个男人而挑选购买，今后，除他之外，再也无人可以看到。它们并非轻浮之物，反而几近神圣。男性应该也穿上丝质内衣，让我们在其肉体上发现和感受温存感与纤弱感，由此获得愉悦。

　　索邦大学图书馆玻璃大门上贴着一张告示，提示直到 10 月 1 日进入图书馆要走 B 楼梯到三楼。走指示的楼梯得穿过庭院。来到三楼，得连续穿过两扇沉重的小门，进入一条摆放书架的走廊，书架上的书一直堆到天花板。一位女士坐在一张桌前，核实借书卡，给每人一个号码和一张填写借阅书籍的绿纸片。一个箭头指向阅览室。穿过档案室，往前走，还得穿过好几个分叉的走廊。书架贴墙而放，一本本书陈列在铁栅栏后面。书的封面颜色相同，难以区分，若不贴近看，书名是认不出来的。感觉是从一大本布满尘埃的旧书前经过。尽头，阅览室一片安静。我填写了绿色的图书外借单。我只借到了一本书，另外两本书名前写着"不可借阅"。我再次穿过有铁栅栏的走廊。六十年后，我读过的、喜爱的、享有的书本只是一堆印刷品，人们只有写博士论文时才会查阅它们。

周日上午，RTL 广播电台有一档节目叫"停下或继续"，节目模式很常见：请听众为播放歌曲投票，给予他们赢得一笔奖金的希望，以提高收听率。投反对或赞同票与赢得奖金并无必然关系。事实如此，每播放五首歌，主持人会从电话簿上任意选个号码，打过去，要接听者报出"钱箱"里的正确数目。只要听节目，记下数字，就能把这笔钱装进口袋。

主持人庄重地宣布，"钱箱"里有 27219 法郎，接着说："请注意，我要给听众打电话了……"听众们听到电话响起，有人接听了电话。一个声音怯怯地、细声细气地问："喂，是谁啊？""我是 RTL 电台的于连·乐培尔。您是勒菲弗尔夫人吗?""不是，我是杰洛米……"主持人威严地说："能叫下你爸爸或妈妈吗？""爸爸在花园，妈妈在忙，我不知道她在哪儿……"主持人坚持道："你能告诉他们，说有人打电话来吗？"孩子似乎有些犹豫，接着下定了决心。

电话里一片寂静。主持人不耐烦了，聊着下面要播放的昂贝托·托齐的歌。一个女声突然响起："喂！"主持人欢声说："勒菲弗尔夫人吗？我是 RTL 电台的于连·乐培尔。开'钱箱'啦！"女人长叹一声："啊！糟糕……"

"您不听 RTL 吗？"

"每周都听呢。"

"可您今早没听。"

"不是，我每周六和周日都听呢。"

"今早没听哦。"

"您知道吗，昨晚家里来了人……我的小儿子又……"

"很遗憾啊。"

女人希望主持人原谅她。此时此刻，燃起的梦想又被浇灭了。

"您答应我会继续听 RTL？"

"啊，当然！我答应您！"

对话中断了。主持人宣布了下一首歌名以及"钱箱"里的新数目，前面没人赢钱，数字又高了些。

夏尔·德·戴高乐-星形广场站，一个三十来岁的男子上了地铁，坐在折叠椅上。他身穿灰色衣裤，相貌平常，除了脚上一双篮球鞋勉强招人注目。突然，他弯下腰，将一条裤腿挽到膝盖处。可以看到他的白皮肤和腿毛。他双手去扯短筒袜，拉直了，再把裤腿放下。另一条腿同样操作一番。

不久之后，他站了起来，靠着车厢，敞开外套，把T恤衫往上拉。他久久打量着自己的肚子，接着又放下了T恤。这些动作看上去并无挑衅性，仅仅是孤独的极端表现——人群中真正的孤独。他旁边放着一个塑料袋，无家可归者的典型装备。没了住处，丢了工作，自那时起，旁人的目光不再能阻止我们去做那些出自本能但却被文化所排斥的举动。我们已不在乎孩童时在学校、在家庭餐桌上习得的"教养"，那时，未来会出现在美好的梦境中。他在奥贝尔站下了车。

"巴塞尔博物馆里有一幅……的画"（也可能是在阿姆斯特丹、佛罗伦萨等城市的博物馆里）这句话，我们经常能听到，读到，它平常无奇，却属于一个特定的世界。这个世界里，人们熟悉绘画艺术，当然，他们的生活更加开放，经常旅游，富有见识，人们活得很轻松，画作是他们生命或记忆中的重要之物。这样的生活跟周六家庭购物和八月去帕拉瓦露营毫不相及。

乘坐自动扶梯前往阿弗尔-科马丹站出口时，我有种转瞬即逝的感觉，髋部或背部被人轻抚了下。我身后正好有个人。快到扶梯口时，这感觉尽管有些模糊，但更为强烈。我把挎包拉到身前。包口大开：包盖被掀开，拉链被拉开了。不过，没少东西。我愤怒地转过身。那是个小伙子，身穿外套，平静地抽着烟。我冲着他喊:"嗨,您不害臊吗!"他带着笑,说:"抱歉啊女士。"到了扶梯口,他不慌不忙地朝我的反方向走去,不见了身影。

我走在奥斯曼大道上,接着进了春天百货,我神情慌张,注意力和欲望无法集中到展示的时尚品上。在所有背包女人中,在特定的时刻,我被选中,不知情间陷入了普通偷盗场景,这让我不适。我隐隐地感到被小伙子漫不经心的举止和平静的道歉所侮辱,这意味着偷盗是个游戏,有输有赢——只有他能说出输赢的数目——,输的一方还得摆出光明坦荡的样子。更让我感到屈辱的,是这些操作、手段和欲望都施加于我的包,而不是加诸我的身体。

1992 年

那晚，在中央市场站，就在区域快铁车门即将关闭的那一刻，两个流浪汉吵嚷着上了车，面对面坐下。两人衣着破烂，头发乱，胡须长。年轻的那个，大概三四十岁，把一个空瓶子放在地上，翻起了一份《解放报》。另一人大概五十多岁，或许五十不到，高唱着《马赛曲》。他在一张破纸片里吐了口痰，说道："那些当兵的，我才不在乎呢。我刚吐了口浓痰，部队里，当兵的可不能这么干。"接下来，他试图跟同伴搭话，挑衅道："你为啥像个同性恋？"对于这一友好攻击，另一人不接茬，惊呼道："塞尔维亚独立了！克罗地亚独立了！幸好有报纸，不然我笨得啥都不知道。"他晃了晃《解放报》："你瞧瞧，别人去加蓬，咱们只能去萨尔图维尔。"安静片刻。"这太不公平了。"[14]上年纪的附和着："这太不公平了。"接着说道："我想回到娘胎里，那里很舒服。"

看《解放报》的年轻人继续重复道："这太不公平了。"不过，这一虚构话题引起了他的兴趣："娘胎有保护壳吗？"

"不，是层膜。我可不是妇科医生，不过，还是懂点知识。"

"我不想出来！里面真暖和。"

"我那时不想出娘胎，医生给我妈做了剖宫产。"

"那时候，剖宫产得把肚皮锯开呢。"

"她受罪了。所以她从没认过我。"

"我妈也没认过我哎。"

两个声音你来我往，顶着嘴，夹杂着卖弄，一个在抱怨，另一个带着怒气，车上二十多个乘客都听到了。跟在剧院里看戏不同，这出戏的观众避免直视演员，仿佛什么都没听见。让人尴尬的，是把生活演成戏，而不是把戏演活。

两个男人在萨尔图维尔站下了车。他们留下的空瓶子在座位间滚动着。

我在高铁上打起了盹，应该从上一站起就开始迷糊了（将近八点，在昂古莱姆：站台上没有人，车站入口处，灯光半明半暗，一个男人带着条狗，在查询车辆显示牌——感觉夜车停留的城市里所有人都在沉睡）。我拉开了车窗帘。一堆房屋中间矗立着一块巨大发光的猛犸象超市广告牌，再往后，有一块写着"迈阿密"的招贴牌（迪斯科舞厅或商业中心？）。认出巴黎郊区的标志，一种强烈的满足感向我袭来。经A15公路穿过热讷维利埃高架通道时，由工厂、建筑、战前大楼构成的广阔景观展开在眼前，拉德芳斯和巴黎就在尽头，此时，我有着同样的感受。

一个年轻人，大腿结实，身材高大，双唇厚实，坐在区域快铁靠近通道的位置。对面坐着一个女人，她带着个两三岁的小男孩，孩子坐在女人膝上，朝四周张望，很是好奇，他问道："那个先生是怎样关门的。"孩子大概是第一次乘车。年轻人和孩子让我想起自己生命中的一些时刻。五月，大学时光，D.，身材高大，双唇厚实，跟那个年轻人很像，在邮局附近等着我下课。随后，是我儿子小时候探索世界的场景。

还有一次，在超市收银台等候的一位女士身上，我母亲的举止言谈重现。我的往昔生活，就在这外部世界，呈现在地铁或区域快铁的旅客身上，呈现在乘坐老佛爷商场和欧尚超市的自动扶梯的路人身上。这些无名无姓之人完全想不到，他们承载了我的部分历史，它就发生在这些我再也见不到的面孔和身体上。而我本人，在大街上和商场里的茫茫众人中，也成为他人生命的载体。

译者注

1. 原文为英文。

2. Hédiard，创建于 1854 年，经营涵盖各种高级香料、茶叶、咖啡及自制软糖、果酱、蜂蜜、酒品、调味品、芥末酱、熟食，等等。

3. boulangerie Poilâne，创建于 1932 年，为巴黎知名面包店。

4. Ania Francos（1938—1988），法国知名记者，小说家、散文家，与《青年非洲》《解放报》《新观察家》《另类报纸》等报刊合作，代表作有传记《抵抗运动中的女性》，小说《罗拉出逃》等。

5. 1986 年，法国大学生反对时任教育部部长阿兰·德瓦盖的入学改革举措，游行时喊出口号"德瓦盖，你知道，你的改革，我们只想说'操'！"2023 年，在法国反对退休制度改革的示威游行时，游行者喊出类似口号"马克龙，你知道，你的改革，我们只想说'操'！"

6. 该首歌发行于 1986 年，由法国女歌手 Desirless 演唱，在国际乐坛获得巨大成功。Desirless 原名克罗迪·弗里奇-蒙托普（Claudie Fritsch-Mentrop），出生于 1952 年。

7. Cesare Paverse（1908—1950），20 世纪意大利诗人、小说家、文学评论家和翻译家。《美好的夏天》为其短篇小说集。

8. The Platters，美国知名黑人合唱团体，成员包括五位黑人乐手，成立于 1953 年，成名曲目有《仅有你》《我只是个舞伴》等。

9. 《来家喝一杯》是法国乐队"四号许可证"的流行曲目，1987 年在"Top 50 音乐排行榜"蝉联榜首 13 周。乐队名称源自法国酒类销售许可证"四号许可证"。

10. 布尔维尔（Bourvil, 1917—1970）、费南代尔（Fernandel, 1903—1971）和科吕什（Coluche, 1944—1986）为法国知名笑星。

11. 众议院站为巴黎地铁 12 号线中的一站，1910 年至 1989 年一直沿用该名，1989 年站名改为国民议会站。法语里议员一词 député 去掉前缀 dé 与妓女 pute 一词相近。

12. 罗纳-普朗克化工集团为法国最大的国际化医药和化工集团之一，主要从事医药、精细化工、纤维和聚合物的研发、生产和销售。

13. 此处指法国摇滚巨星、著名演员乔尼·哈里戴（Jonny Hallyday, 1943—2017）。

14. "这太不公平了！"是动漫形象小黑鸡卡利麦罗的经典台词。《小黑卡利麦罗》是意大利漫画家帕格特兄弟和易涅佐·高尔那吉在 1963 年共同创作的漫画。1974 年日本和意大利合作制作了电视动画片，1992 年放映续集。至上个世纪 90 年代，历经坎坷、头顶蛋壳、呼吁伸张正义的卡利麦罗成为深受意大利、法国和日本等国家读者观众喜爱的动漫形象。文中两名流浪汉在对话中引用了动画片台词。

图书在版编目(CIP)数据

外部日记/(法)安妮·埃尔诺(Annie Ernaux)著;
高方译. —上海:上海人民出版社,2024
ISBN 978 - 7 - 208 - 18893 - 8

Ⅰ.①外… Ⅱ.①安… ②高… Ⅲ.①日记-作品集
-法国-现代 Ⅳ.①I565.85

中国国家版本馆 CIP 数据核字(2024)第 084522 号

责任编辑 赵 伟
封扉设计 e2 works

封面画作来自朱鑫意的"2020"系列作品

外部日记

[法]安妮·埃尔诺 著

高 方 译

出 版	上海人民出版社	
	(201101 上海市闵行区号景路 159 弄 C 座)	
发 行	上海人民出版社发行中心	
印 刷	苏州工业园区美柯乐制版印务有限责任公司	
开 本	787×1092 1/32	
印 张	3.5	
插 页	6	
字 数	39,000	
版 次	2024 年 9 月第 1 版	
印 次	2024 年 9 月第 1 次印刷	

ISBN 978 - 7 - 208 - 18893 - 8/I·2149

定 价 36.00 元

2022 年诺贝尔文学奖"安妮·埃尔诺作品集"

已出版

《一个男人的位置》

《一个女人的故事》

《一个女孩的记忆》

《年轻男人》

《占据》

《羞耻》

《简单的激情》

《写作是一把刀》

《相片之用》

《外面的生活》

《如他们所说的，或什么都不是》

《我走不出我的黑夜》

《看那些灯光，亲爱的》

《空衣橱》

《事件》

《迷失》

《外部日记》

《真正的归宿》

《被冻住的女人》

《一场对谈》